EMPEZANDO

I0895848

LAS MOTOCICLETAS

MEG GREVE

CREATIVE EDUCATION • CREATIVE PAPERBACKS

ÍND

ICE

VEO UNA MOTOCICLETA.

Es ruidosa. Es rápida.

¡Corre veloz en dos ruedas!

Los conductores se balancean. Usan manos y pies para hacer que la motocicleta se mueva.

Los conductores se protegen la cabeza con un casco.

Las motocicletas todoterreno son pequeñas. Las motocicletas todoterreno pueden circular por terracerías. También compiten en pistas.

Las carreras de motocross son para motocicletas todoterreno.

burn

Las mini motos pueden ser tan cortas como un bate de béisbol. Las tower trikes pueden ser tan largas como una jirafa.

¡Las motocicletas de todos los tamaños son divertidas!

HAZ UN SONIDO

¡RRRUNNN

RRRUUNN!

¿Puedes imitar los sonidos de una motocicleta?

Escucha estos sonidos:

https://www.youtube.com/watch?v=xhO89fhqnYo

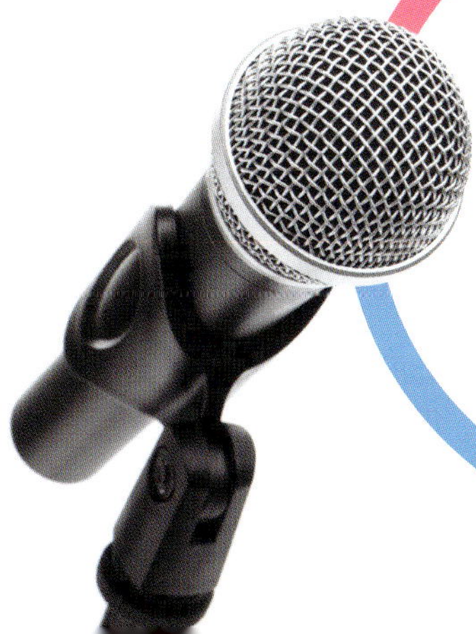

¡Ahora te toca a ti!

PALABRAS DE MOTOCICLETAS

casco: Un sombrero hecho de materiales fuertes que se usa para proteger la cabeza.

motocross: Una carrera de motocicletas sobre terreno sin pavimentar, que incluye colinas, tierra suelta, lodo y curvas cerradas.

pista: El camino que debe seguirse en una competencia.

terracerías: Caminos sin pavimentar.

ÍNDICE ALFABÉTICO

PUBLISHED BY CREATIVE EDUCATION AND CREATIVE PAPERBACKS
P.O. Box 227, Mankato, Minnesota 56002
Creative Education and Creative Paperbacks are imprints of The Creative Company
www.thecreativecompany.us

LIBRARY OF CONGRESS CATALOGING-IN-PUBLICATION DATA
Names: Greve, Meg, author.
Title: Las motocicletas / by Meg Greve.
Other titles: Motorcycles. Spanish
Description: Mankato, Minnesota : Creative Education and Creative Paperbacks, [2025] | Series: Empezando | Includes index. | Audience: Ages 4-7 | Audience: Grades K-1 | Summary: "Motorcycles will introduce budding book learners to a noisy, colorful world with this new Starting Out title, in American Spanish. Colorful photos, labeled diagrams, 'Make a Noise' section, glossary, and more ignite a passion for learning"-- Provided by publisher.
Identifiers: LCCN 2024002889 (print) | LCCN 2024002890 (ebook) | ISBN 9798889894520 (library binding) | ISBN 9781682778685 (paperback) | ISBN 9798889894643 (ebook)
Subjects: LCSH: Motorcycles--Juvenile literature. | CYAC: Motorcycles. | LCGFT: Instructional and educational works.
Classification: LCC TL440.15 .G7818 2025 (print) | LCC TL440.15 (ebook) | DDC 629.227/5--dc23/eng/20240207
LC record available at https://lccn.loc.gov/2024002889
LC ebook record available at https://lccn.loc.gov/2024002890

DESIGN AND PRODUCTION
Design by Rhea Magaro
Production by Beeline Media and Design
Art direction by Tom Morgan
Translation to Spanish by Base Tres
Printed in the United States of America

PHOTOGRAPHS by Alamy (JoeFox Liverpool), Dreamstime (David San Segundo Navas), Getty Images (Mirco Lazzari), Shutterstock (Mr . Crocodile, Mikbiz, Oleksandr Lysenko, Idan Grunberg, Suradech Prapairat, Warren Price Photography, Noppanisa, r.classen, Bohbeh, SKT Studio), (Shutterstock: stockphoto mania)